Escrava Submisa e outras historias

Erika Sanders

Serie
Dominación e submisión erótica

Sinopse

Este libro consta das seguintes historias:
Escrava Submisa
Aumento salarial
Situación inesperada
Recepción salvaxe

Escrava Submisa é unha historia con forte contido erótico BDSM e, á súa vez, pertencente tamén á colección Erotic Domination, unha serie de novelas con alto contido BDSM romántico e erótico.

(Todos os personaxes teñen 18 anos ou máis)

Nota dunha escritora:

Erika Sanders é unha coñecida escritora internacional, traducida a máis de vinte idiomas, que asina co seu apelido de solteira os seus escritos máis eróticos, lonxe da súa prosa habitual.

Índice:

ESCRAVA SUBMISA E OUTRAS HISTORIAS
ERIKA SANDERS

ESCRAVA SUBMISA

A escrava Susan espertou con deliciosas ganas de amamantar ao seu amo, pero quedou consternada ao descubrir que xa se fora.

Na almofada ao seu carón, en cambio, había unha nota, unha única orquídea e unha tarxeta de regalo para o seu día de spa favorito.

Bocexou e estirouse, despois leu a nota con ansia.

"Quero que pases o día preparándote para min. Non debes masturbarte hoxe, xa que despois te darei todo o que necesites. Estaremos no baile de caridade esta noite, e despois, usarei de todos os xeitos, ata que Teño o meu farto." ".

Susan sabía que a nota do seu mestre dicía moito máis do que dicía porque coñecía o seu corazón.

En tres breves frases, comunicoulle que este día e esta noite serían para ela e para o seu pracer, que non había parte dela que el non puxese ata os seus límites e que ela debería facer o que fose necesario para facelo. foi o máis agradable posible con el.

A Susan encantáballe agradar ao seu Mestre e El sempre facía que todo entre eles fose perfecto.

Susan ergueuse da cama e retorceu o cabelo nun pasador mentres se dirixía ao baño.

Pendurando dun poste de gancho atado á parte traseira da porta estaban o vestido, as medias e os zapatos que o mestre Robert escollera para que ela usase.

Non había roupa interior.

Susan sorriu, despois lavouse a cara, cepillou os dentes e, antes de volver á habitación, abriu o caixón inferior da cómoda, sacou as bólas chinesas e quitou as tangas nas que durmira.

O Mestre dixera que non había ningunha parte dela que non usase.

Lentamente, puxo as bólas chinesas no seu sitio e ao instante xa imaxinaba o magnífico galo do seu Mestre...

Púxose os pantalóns vaqueiros e a camisa amarela con botóns que levaba o mestre Robert a noite anterior.

Gustáballe levar a súa roupa.

Ela podía cheiralo por si mesma así.

Púxose as sandalias, colleu a tarxeta regalo e púxose en marcha rapidamente.

***

Susan chegou para descubrir que o mestre Robert organizara todo coas súas instrucións, como facía normalmente.

As mulleres da sala non lle dixeron nada, senón que continuaron co que estaban a facer.

Non se sentía incómoda co que o mundo percibía como unha relación submisa, porque o mundo non sabía nada do amor que compartía co seu mestre Robert.

"Si, somos mestre e escravo", pensou mentres a manicurista traballaba nos seus pés, "pero tamén somos marido e muller, Robert e Susan, almas xemelgas!" Non importaba se o resto do mundo non o entendía.

Simplemente porque non tiñan idea do verdadeiro amor entre eles.

Coa súa manicura e pedicura completas, foi levada ao baño de lavanda e vainilla.

Esta era a súa parte favorita e o mestre Robert sabíao.

Era moi difícil para ela non gozar de pracer cando quedaba soa no baño perfumado, pero sabía que o seu Mestre querería moito dela esta noite, así que descansou sen ter un orgasmo no baño.

Finalmente, tocoulle o pelo, lavárono e amontórono sedutoramente encima da cabeza, asegurándoo co pasador que lle mercara na súa primeira cita.

Ela sorriu feliz, pensando no pracer que lle daría quitarlle o alfinete do cabelo e velo caer sobre os seus ombreiros.

Esta sería unha noite para lembrar.

De volta á casa, maquillouse.

Despois estaban as medias altas de seda e os tacóns negros de tres polgadas que lle mercara en Italia.

Detívose alí para mirarse no espello.

Faltaba algo.

Foi un breve pensamento que axiña quitou da súa mente.

Se quixera máis, teríao previsto.

Ela quitou as bólas chinesas que a mantiveron ao bordo do orgasmo durante todo o día e despois colocou o delicado vestido por riba da súa cabeza e deixouno esvarar polo seu corpo.

Estaba satisfeita coa forma en que se miraba ao espello e Robert tamén.

Un toque do seu perfume favorito e xa estaba lista.

Colleu a orquídea que flotaba nunha cunca con auga aquela mañá e meteuna no nó de cabelo da caluga.

Cando escoitou que o seu coche entraba na calzada, os seus pezones endurecéronse e o seu coño comezou a latexar.

Normalmente, ela teríao esperado na porta de xeonllos co pescozo dobrado, para que o seu corpo estivese completamente á súa disposición.

Estaba moi ansiosa.

Precipitouse ao fondo das escaleiras para esperalo.

Cando El entrou, ela xa se ruborizaba de emoción e podía sentir que a súa aparencia lle gustaba mentres el estaba mirando para ela.

"Tes delicioso, escrava Susan".

"Grazas, mestre Robert, estou moi feliz de que estea satisfeito".

"Parece que esqueciches algo".

"¿Esquecín algo?"

Robert colleu o pulso e levouna polas escaleiras.

Na almofada onde estiveran a nota e a flor, estaba a súa gargantilla.

Ela quedou abraiada de que non se decatara antes e recoñeceu ao instante o seu erro.

O mestre Robert puxera para ela a gargantilla feita a man xunto coa gravata correspondente.

A súa gargantilla contiña medio corazón de cristal que encaixaba perfectamente coa outra metade que levaba.

Derallo o día da voda.

Como conseguira que non se decatara?

Os seus pezones comezaron a estirarse e a súa vaxina latexou cando se decatou do grave que era o seu erro.

Robert desabrochouse o cinto.

"Quérote, Susan, pero non podo permitir tal descoido na túa preparación para min".

"Si, meu doce posuidor".

"Inclinarse e coller os nocellos".

Non foi preciso que lle dixesen que abrira as pernas, xa que antes fora castigada deste xeito.

Ao mestre Robert gustáballe mirar a súa coña cando lle pegaba.

Colleu o vestido sedoso e pasouno lentamente polas súas pernas ata a cintura e, debido á súa posición, continuou deslizando cara abaixo e arredor das súas tetas cubríndolle un pouco a cabeza e a cara.

Que vista tan magnífica lle mostrou, vestida tan elegante, pero tan toscamente pousada.

El podía ver o emocionada que estaba pola forma en que a humidade do seu coño brillaba á luz.

Quitoulle o cinto que levaba na man, pensando mellor.

Sería unha noite longa.

El virou-se e camiñou ao seu lado da cama e, metendo a man no caixón da súa mesiña de noite, sacou un látego de coiro que usara con frecuencia con ela.

Tiña un mango longo e do extremo colgaban nove tiras finas de coiro suave e flexible.

Foi ben utilizado e apreciado.

Volveu a ela lentamente, gozando da fermosa imaxe que ela creara e observando os cambios que a viñeron.

Ela respiraba pesadamente e tiña dificultades para quedarse quieta.

"Ahhh, miña escrava Susan, vou gozar contigo esta noite!"

E con iso, conectou tres rápidos pestanas cara ao seu cu que a fixeron berrar de dor e de pracer.

Retrocedeu e observou a velocidade coa que as raias vermellas comezaban a aparecer no seu traseiro.

"¡Merda!" Pensou para si mesmo! "Como vou conterme esta noite?"

E con ese pensamento a solución chegou ao instante.

Teríao agora mesmo antes da sesión nocturna, só unha vez para desfacerse das ganas.

Abriu bruscamente os pantalóns, sacou o seu xa ríxido pau e empuxouno no seu coño, non por pracer, senón para lubricala.

O que máis quería naquel momento era vermello, axustado, brillante e preparado para el.

Retirou o seu pau do bichano pingando da escrava Susan para a súa consternación e empurrouno profundamente no seu cu que agardaba.

O berro de "SI!" dos seus beizos alimentou o seu lume e el deu un tolo labazada nas súas cadeiras levantadas.

Agarrándoa con forza, non parou ata que estivo listo para estoupar.

Ela escoitou a súa propia respiración traballada e xemidos mentres unha carga de esperma sedoso veu e foi por todo o seu cu avermellado.

Cando volveu a si mesmo, deuse conta de que estaba fregando o seu semen quente no tenro e desexado cu da súa escrava Susan mentres ela lle daba as grazas unha e outra vez.

"Esta noite levarei o meu esmoquin negro, Susan", e con iso foi á ducha mentres a escrava Susan poñía a gargantilla e logo foi ao armario a buscar o seu esmoquin.

Era moi meticulosa e comprobou que todo o que precisaba estaba esperando por El cando ela saíu da ducha.

Ela colocou cada obxecto na cama mentres pensaba na forma en que el acababa de usala, na marabillosa forma en que as súas bolas golpeaban o seu clítoris mentres el arrasaba o seu cu.

Estaba tan perdida nos seus pensamentos que non o escoitou detrás dela ata que el a bicou suavemente no pescozo.

"Non quero castigarte, Susan, pero oh! Que exquisita tes cando o fago."

"Grazas, mestre Robert".

***

No coche, o mestre Robert deslizou a bata polas súas pernas e estendeu as coxas.

Tocoulle o coño aínda pingando, pero prohibiulle correrse.

A escrava Susan retorceuse no seu asento e alegrouse de ver o Salón en tan pouco tempo, xa que estaba segura de que non podería ter durado moito máis.

Púxolle os dedos na boca para que os limpase coa lingua e os beizos mentres desabotoaba os tres pequenos botóns da parte superior do suxeitador coa outra man.

"Déixao así", díxolle, e despois bicouna con tenrura nos beizos, antes de dicirlle que esperase a que abrise a porta.

Dentro do Salón, ela viuse obrigada a abandonar o seu lado con frecuencia, pero el sempre estaba á vista dela.

A escrava Susan conversou educadamente cos outros asistentes, pero como de costume, dirixiuse aos lugares máis tranquilos e quedou soa.

O mestre Robert tiña unha gran esixencia de atención e ela admiraba a forma en que se manexaba ante estas situacións, tan galante, tan guapo.

Cando lle pediron que bailara, ela buscoulle orientación.

Entre eles entendíase que había momentos nos que era necesaria a aceptación educada, pero ela sempre esperaba o seu asentimento antes de aceptar e case sempre podía contar con El para deter o que fixera.

Esta noite, con todo, esperou polo seu Mestre Robert, rexeitando as ofertas aínda que aprobou.

Despois da terceira negativa, dirixiuse cara a ela a través da sala.

"Estás ben meu amor?"

"Si".

"Por que non estás a bailar?"

"Porque, só quero bailar contigo esta noite".

"Entón, Susan, terás o teu desexo".

Deslizou a man pola súa cintura e apoiouna suavemente nas costas para conducila á pista de baile.

Agarrándoa ben, bailou con ela.

Mirándoa coma se fose a única muller do mundo, atormentouna a pel cos seus ollos e persuadíuna ata o bordo da felicidade con murmurios de como a usaría despois.

"Lévame a casa?" Ela susurroulle.

Colleuna da man e levouna entre a multitude.

No coche, bicáronse apaixonadamente e a escrava Susan susurroulle o desexo do seu corazón.

"Necesito ao meu mestre Robert".

Robert respondeu desabrochándolle os pantalóns e permitíndolle que o aletara de camiño a casa.

***

Na calzada, despois de apagar o coche, deixouna estar alí disfrutando da forma famento que estaba devorando o seu galo.

Fíxoa parar o tempo suficiente para deslizar o seu vestido sobre a súa cabeza e botalo no asento traseiro.

Despois moveu o asento cara atrás e quitoulle o alfinete do cabelo, deixando que caia sobre os seus ombreiros.

Encantáballe o seu cabelo negro, a forma en que lle caía sobre a cara e os ombreiros e a forma en que lle enchía os puños cando o agarraba.

Robert observoa durante moito tempo, marabillándose coa forma en que ela adoraba o seu pau, chupándoo como se fose o seu propio sustento.

Cando o seu desexo de correrse era maior que a súa restrición, el enterrou as mans no seu cabelo e forzou o seu gallo profundamente na súa gorxa.

Movíase dentro e fóra da súa boca e gorxa cunha profunda necesidade que ameazaba con devorala.

A escrava Susan tremía nas súas mans e deuse conta de que a súa propia liberación provocaría a súa.

Un último golpe na súa gorxa e explotou de éxtase.

Cada chorro de leite quente axitaba o seu corpo cun espasmo igual ao seu.

Eran amos e escravos e aínda así eran un.

Un corpo...

Un fermoso espasmo de leite...

Un amor!

***

A escrava Susan abriu os ollos cando o mestre Robert abriu a porta.

Estendeulle a man e axudouna a saír do coche.

Ela estaba ante el á luz da lúa, o seu vestido ata a coxa e os zapatos de seda e a gargantilla contiñan medio corazón de cristal.

A luz da lúa e das estrelas danzaban na súa pel e respiraba profundamente ao velo.

"Veña meu amor, a nosa noite acaba de comezar".

Levouna ao interior e ao cuarto, onde abriu as portas do balcón para deixar entrar a brisa do mar.

Colleu a gargantilla e substituíuna polo seu colar, despois guiouna ata a cama onde a vendaba.

"Deite. Quero sentir o teu corpo sometido a min", susurrou.

Ela fixo o que lle pedía e despois esperou a súa próxima orde.

Cando non chegou ningún, ela intentou calmar a súa respiración, intentou escoitalo no cuarto.

Onde podería estar El?

Que estás facendo?

A súa mente corría, anticipándose aos seus plans para ela.

Agardou o que parecía unha eternidade, pensando que podía oílo respirar, pero nunca estaba segura.

Cando por fin pensou que era mellor darlle unha azote por desobediencia que esperar outro segundo, alcanzou a venda dos ollos, pero en vez de deixar que se metese en problemas, díxolle: "Tócate por min".

Tres palabras, tres palabras diminutas, acenderon nela un lume que nunca antes sentira .

Inmediatamente, as súas mans estiveron no corpo dela, unha no peito e outra entre as pernas.

En poucos segundos, estaba retorcendose no orgasmo, as pernas abertas, os xeonllos estirados, os dedos fodindo furiosamente o seu coño para correrse, as costas arqueándose ata que nada máis que o cu e a parte traseira da súa cabeza tocaron a cama.

"Si! Robert! Oh, meu mestre Robert! Si! Si! Si!"

Ela non estaba completamente abaixo despois de escoitalo de novo:

"De novo. Faino de novo".

Ela rodou sobre o seu estómago e puxo os xeonllos debaixo do seu corpo empurrando o cu no aire para que El vira.

Ela enterrou os dedos dentro do seu coño o máis profundo que puido e masturbouse unha vez máis para o entretemento do seu Mestre.

Cando chegou, durou moito máis que o primeiro.

Alcanzou o seu lugar máxico unha e outra vez ata que finalmente, correndo e correndo polo interior das súas coxas, comezou a suplicarlle clemencia.

Voltándose de costas, gritou:

"¡Robert! Oh, Robert! Por favor! Por favor! Por favor, fódeme agora!"

Non mostrou piedade mentres a agarrou e a arrouou sobre o seu estómago.

Ela recoñeceu o seu látego no momento en que fixo contacto coa súa pel.

"Grazas, Mestre! Grazas pola túa xenerosidade. Grazas por permitirme correr. Grazas por amarme o suficiente como para castigarme cando non che mostro o respecto adecuado".

Cada golpe recibiu o agradecemento que debería ter expresado cando El lle permitiu vir.

Non puido resistir máis!

Montouna como estaba, boca abaixo e mollada pola necesidade.

Esvarou dentro dela tan facilmente que pensou que a destruiría.

Colleu dúas mans cheas do seu cabelo e bombeouna febrilmente.

Aínda lle daba as grazas cando sentiu o seu membro no fondo dela.

El tirouna e torceuna dentro e ela retorceuse debaixo del, esperando que lle dese o que necesitaba.

El fodiuna a través do seu orgasmo, nunca diminuíu a velocidade nin paraba ata que finalmente estaba correndo tamén, no fondo do seu ventre.

Ela estaba deitada debaixo del, muxindo o seu pene co seu coño e murmurando unha e outra vez: "Grazas, grazas, meu doce posuidor", mentres o seu Mestre Robert murmuraba deslumbrantes eloxios ao seu oído.

O tirón constante da súa coña no seu pene mantívoo en posición vertical e pronto as súas propias cadeiras volvéronse a mover.

El amaba a forma en que os seus desexos e necesidades coincidían coas súas.

Ela entregouse a El tan completamente que nunca houbo un momento no que ningún deles fose satisfeito antes de que as necesidades do outro fosen satisfeitas.

Ao principio, o seu corpo ás veces sentía dor pola súa longa e grosa polla e a súa forte reivindicación antes de que ela estivese totalmente satisfeita, pero agora o seu corpo, a súa barriga, a súa alma encaixaban contra el como unha luva e a dor do seu amor só era aparente. o día seguinte.

Ela era súa en todos os sentidos e estaba tan feliz por iso coma el.

Robert estaba fascinado pola rapidez con que estaba preparado para ela de novo.

Deslizou as mans polos seus brazos e agarroulle os pulsos.

Mantívoos xuntos por riba da súa cabeza mentres el entrou no caixón da mesiña de noite e recuperaba os seus puños.

Despois de unirlle os pulsos, sacou o seu pau do seu coño famélico para ir ao armario a buscar unha corda.

Atou a corda aos pulsos para usala como correa.

Aínda cos ollos vendados, ela respiraba pesadamente e el sabía que estaba necesitada.

Volveu a meter a man no caixón e sacou un anel bucal.

"Abre a boca, escrava Susan".

Ela fixo o que El pediu sen dúbida, porque ambos sabían o significado da súa relación.

Púxolle o anel tórico na boca e afixouna firmemente á cabeza.

Despois, colleuna da cama e púxoa de xeonllos.

O que ía seguir non era un castigo, senón o pracer e a escrava Susan aprendera rapidamente que había unha diferenza.

Agarrándoa polo pelo, o mestre Robert empurraba o seu pene a través da mordaza e na gorxa da escrava Susan.

Mantívoo alí ata que ela comezou a amordazar e despois sacouno.

El empurraba de novo e suxeitouna, pero en poucos segundos estaba de novo amordazada.

Sacouno e esperou.

Cando a súa respiración se estabilizou, empurrauna de novo.

Esta vez foi capaz de suxeitalo sen amordazar.

Non a bombeou, nin sequera se moveu, pero deixoulle o galo na gorxa ata que comezou a retorcerse.

Cando a súa retorcedura converteuse en loita, el sacou o seu pene e acariñoulle o cabelo.

"Esa é a miña nena!" Dixo orgulloso. "Esa é a miña nena doce".

Aquelas palabras tenras fixeron que os pezones da escrava Susan se tirasen con forza e o seu coño se mollase de necesidade.

O mestre Robert estaba adestrando a súa odalisca para levarse todo o seu pene sen amordazar.

Era cuestión de paciencia e práctica, pero cada vez estaba mellor.

Había momentos nos que ela nunca se atragantaba e cando iso pasaba, el recompensábaa ben.

O mestre Robert trasladoulle a corda de chumbo ao colar e fíxoa volver á cama.

"Queres que sexa a escrava Susan?"

Si, a súa resposta foi cun aceno.

"Precisas de min a escrava Susan?"

Si de novo.

"A ver se é así?"

Robert atou a corda á cabeceira e converteu o outro extremo nun lazo que deslizou sobre a súa cabeza e arredor da súa gorxa.

Entón púxose á tarefa de medir a necesidade da súa escrava Susan.

Entre as súas pernas, el esvarou na posición para levar o seu clítoris palpitante na súa boca.

El mamábaa suavemente, do mesmo xeito que ela o chupa cando o chupa.

As cadeiras da escrava Susan comezaron a rodar e empuxar.

Incapaz de falar co anel da boca, ela simplemente boqueou e xemeu.

Cando estaba moi preto de correrse, El retrocedeu, obrigándoa a deslizarse cara a El e, en consecuencia, apertando o seu pescozo na corda.

O mestre Robert fíxoa sentir exquisita.

Lambeuna lentamente desde o fondo ata o clítoris e despois debuxou círculos preguiceiros ao redor do seu clítoris coa súa lingua.

O que lle fixo foi enloquecedor e, aínda así, tan marabilloso, ata que retrocedeu de novo.

A escrava Susan esvarou cara abaixo para obter a presión que necesitaba da súa lingua sobre o seu clítoris.

Oh, se puidese correrse agora mesmo!

Agora que a corda estaba tensa e xa non quedaba folgo, o mestre Robert ergueuse e enterrou o seu galo duro no coño que chorreaba da escrava Susan.

Empujoulle as pernas cara atrás e fodiuna profundamente, golpeando contra o lugar que tanto pracer lle daba, mordendo as tetas que lle pertencían e chupándolle os pezones cada vez con máis forza, pero cando ela comezou a bater e xemer debaixo del, volveu. para retirarse, dándolle só a cabeza do glande e nada máis.

"NON!" ela pensou.

A venda dos ollos, o anel da boca, ela non podía ver nin falar para pedirlle clemencia ou dicirlle a súa necesidade, así que meteu os tacóns na cama e forzou-se máis abaixo na cama cara ao seu pene que tanto amaba.

Ela non podía respirar agora e a tensión da corda tiña a cabeza inclinada cara arriba e ao lado, pero tiña que facelo.

Tiña que sentilo no fondo dela.

Estaba tan preto!

Ela non podía parar agora.

O mestre Robert sorriu encantado.

Ela tería o que tan desesperadamente necesitaba ou morrería, e ese era El.

Ela queríao máis que o aire que respiraba e iso abondaba para el.

Entón, deitouse completamente enriba dela, e comezou a meterlle profundamente e con forza, chupándolle os ombreiros e mordíndolle a mandíbula.

Cando sentiu que as súas pernas se envolvían ao seu redor e o seu corpo comezaban a tremer, agarrou a corda e tirounas a ambas cara á cama, deixando que o aire regresase á súa boca aberta.

Mirala jadear e chorar e sentir o seu coño apretar e contraer o seu pau era máis do que podía soportar.

Saltou e colleu o seu pau na man.

El bombeouno con furia ata que finalmente chegou, disparando ráfaga tras explosión de cum a través do anel e na boca da escrava Susan.

"Oh si!" Ela pensou a primeira vez que o saboreou coa lingua: "SI! O seu corpo, que aínda non se recuperara por completo do seu Mestre, estaba agora cheo de pracer de novo.

Unha e outra vez, como ondas na costa, veu por El.

Era a súa alma xemelga en todos os sentidos, e xuntos alcanzaron cotas de puro éxtase.

O mestre Robert quitou a venda dos ollos e continuou bombeando o seu galo duro e erecto.

Mentres os ollos de Jennifer se axustaban á luz, podía ver ao seu Mestre enchendo a súa boca co seu cum.

Despois quitoulle a mordaza e permitiulle saborear o seu agasallo mentres seguía liberando as súas mans e quitándolle as medias, os zapatos e, finalmente, o colar.

O mestre Robert colleuna nos seus brazos e abrazouna con forza.

El susurrou o seu nome e díxolle que era súa e que a quería sen reprimir nada.

Ela quedou tremendo nos seus brazos e El achegouna aínda máis, asegurándolle que estaba atesorada e protexida.

Cando o seu corpo canso deixou de tremer, adormeceu tranquilamente no doce abrazo do seu Mestre.

***

Ela espertou cando El a colleu e levouna á bañeira.

Entrou con ela e acununaba nos seus brazos mentres se afundían na auga quente e vaporosa.

Era magnífico e ela sorriu ao lembrar o moito que gozaran da bañeira feita a man durante tanto tempo.

O mestre Robert bañábaa tan suavemente coma se fose un bebé recén nacido.

Lavoulle o cabelo e prestou especial atención ao seu coño e cú sensibles.

Fregoulle o pescozo e os ombreiros coas súas mans xabonosas, arrastrándoas polas costas e ata o traseiro que amasaba como masa.

O baño de escravos era un ritual no que insistía, o que o facía moito máis significativo para ela.

Era fermoso e estaba tan feliz que non puido conter as bágoas mentres El non podía distinguir entre as bágoas e as pingas de auga.

Cando a secou e peiteoulle, quitoulle a cobertora e arrastráronse entre as sabas frías sen dicir palabra.

Non había nada que dicir que os corpos non se dixeran xa entre eles.

Do mesmo xeito que a súa rutina nocturna, Robert líalle mentres ela trazaba o seu corpo coa punta dos dedos.

E co permiso xa concedido, ela aleitouno ata que el entrou nun mundo de soños feitos realidade.

AUMENTO SALARIAL

Anita chamou á porta coma se non quixese rompela.

Isto non tiña sentido, xa que ela era a única persoa que quedaba na tenda de rosquillas.

Ela e a persoa do outro lado da porta, é dicir.

"Entra", soou a voz daquela persoa.

Anita abriu a porta e entrou, pechándoa detrás dela.

O clic da pechadura mentres o presionaba co pomo da porta parecía enxordecedor no despacho tranquilo.

Eric Gálvez levantou a vista dos papeles da súa mesa.

Mirou a Anita, unha fermosa empregada mexicana morena que levaba posto o uniforme escolar da tenda, unha camisa branca abotonada e unha saia curta de cadros, que sostiña unha bolsa de rosquillas.

Tiña un corpo impecable e un cabelo moreno espeso e en capas que non lle chegaba aos ombreiros.

"Ola, Anita", dixo Eric.

O encargado da tenda, casado con dous fillos e duns corenta anos, deixou a pluma e sorriu.

"Ola. Sinto se interrompín algo", dixo con timidez.

"Por suposto que non", aseguroulle Eric. "Séntate".

A pequena oficina do xerente estaba formada por un sofá, dúas cadeiras, un escritorio e arquivos.

Eric observou que Anita camiñaba cara a el, a saia balanceándose cara atrás e cara atrás.

Sentou na cadeira diante da mesa de Eric, cruzou as pernas longas e deixou que a saia chegase ata as coxas.

Colocou a bolsa no chan xunto a ela.

"Que pasa?", preguntou o director.

Anita dubidou, respiro profundamente e pasou lentamente os dedos dunha man pola parte superior da perna, dende a parte inferior da saia ata o xeonllo.

"Estou pensando en mudarme da habitación alugada para entrar nun apartamento", dixo.

Era estudiante nunha universidade local, traballando en varios traballos en lugares cuxos horarios non interferían nas súas clases.

"Genial", dixo Eric con entusiasmo, entón parou. "E necesitas máis diñeiro? Un aumento?"

Anita mirouno tímidamente, antes de que unha mirada máis seria aparecese no seu rostro.

"Non podo crer canto piden o aluguer. E o pago inicial é...", comezou a dicir.

"Seino", interrompeu Eric.

Mirouna un momento.

Ela levaba case un ano traballando para el, pedindo un aumento noutra ocasión.

Nese caso, ela utilizara o seu corpo para "influír" na súa decisión.

De feito, desde entón quería outra petición dela.

Eric mirou a bolsa de rosquillas ao seu lado.

"Vas a levar unhas rosquillas á casa?", preguntou.

Os ollos de Anita caeron cara á bolsa e de volta ao seu xefe.

"Non. É para ti... para nós", respondeu ela.

Eric non necesitaba máis explicacións.

Tamén trouxera unha bolsa a última vez.

E esta vez sabía que facer.

Ergueuse e rodou a mesa, movéndose detrás da cadeira de Anita.

Ela observou o seu corpo atlético ata que desapareceu detrás dela.

Un escalofrío percorreu a súa columna vertebral con anticipación.

"Entón, trouxéchesme unha rosquilla", dixo Eric suavemente. "E queres compartir".

Anita asentiu en silencio.

Eric mirou para a moza, coa camisa desabotoada na parte superior e as pernas bronceadas estendéndose por debaixo da saia acampanada.

As súas mans agarraban nerviosamente os extremos dos brazos da cadeira.

Eric puxo a man no cabelo da nena e pasou os dedos polo seu pescozo.

Ela sentiu a pel quente debaixo do colo da súa camisa, despois moveu a man cara á parte dianteira do seu pescozo antes de achegarse ao botón superior.

Nun movemento áxil, desfixo o botón; seguido do seguinte.

A parte superior dos seus peitos viñeron á vista, encerradas nun suxeitador azul fino.

Os seus dedos deslizáronse pola suave pel do seu peito esquerdo, despois volveron ao seguinte botón.

Usando as dúas mans, rodoulle o pescozo e abriu cada botón ata chegar á parte superior da súa saia.

Eric sacou a camisa da saia e abriu o último botón.

A camisa de Anita abriuse o suficiente para que Eric vise a maior parte de cada peito desde arriba.

Víaos subir e baixar mentres ela buscaba aire.

Un gancho central entre os seus peitos unía o suxeitador.

Non foi casualidade, pensou Eric para si.

Abaixouse a man e soltou o suxeitador, deixando que as dúas metades descansasen libremente nos extremos dos seus peitos.

Anita continuou sentada inmóbil, mirando as mans de Eric ou en liña recta.

Ela sabía que as cousas estaban a piques de cambiar rapidamente.

Eric colocou as mans na parte superior dos seus peitos e deixounos caer ata que os dedos lle quitaron o suxeitador.

Tomou os seus peitos castaños espidos nas súas mans, suxeitandoos suavemente por un momento.

Finalmente, puxo os pezones de Anita entre os dedos polgares e índices e pinchounos con tenrura.

A moza suspirou audiblemente.

Eric sentiu o seu pene endurecerse dentro dos límites dos seus pantalóns mentres manipulaba os pezones.

Eles endureceron baixo o seu toque e Anita sentiu unha punzada excitada viaxar polo seu estómago ata o seu coño.

Eric envolveu os seus peitos coas mans, pero apenas podía enchelos no seu agarre.

Colleunos e viu como se acomodaban nas súas palmas.

Deu a volta á cadeira e púxose entre a mesa e Anita, mirándoa brevemente.

"Levántate e quítache a camisa", dixo con voz tranquila.

Anita descruzou as pernas e púxose a uns centímetros do seu xefe.

Levantou a camisa por riba dos ombreiros e deixouna caer sobre a cadeira.

Sen parar, ela fixo o mesmo co seu suxeitador.

Eric puxo as mans no exterior das coxas de Anita e levantou as mans ata que desapareceron baixo a súa pequena saia.

Anita sentiu que unhas mans se elevaban sobre o exterior das súas bragas e sobre o traseiro.

Entón Eric moveu as mans á súa cintura e agarrou a correa das súas bragas.

Lentamente, baixounos, axeonllándose mentres pasaban sobre os seus xeonllos e sobre os seus pés.

Colocou as bragas negras na cadeira e quitoulle os zapatos.

Despois de erguerse, mirou a saia e dixo:

"Sacalo."

Anita abriu a cremalleira da saia e deixouna caer ao chan, saíndo e dándolle unha patada ao lado.

Eric admiraba a súa cintura pequena, cadeiras e coxas cheas, pernas longas e pés pequenos.

Os seus ollos volveron ao seu coño e ao pequeno e fino fío de cabelo escuro por riba do seu clítoris.

Anita sentiuse extraordinariamente sexy nese momento, a humidade entre as súas pernas aumentaba cada segundo.

Ela quería espido o home que tiña diante e sabía que era inevitable.

"Quítame a roupa", díxolle.

Tivo que ralentizar deliberadamente os seus movementos para non revelar o seu desexo.

Con todo, Anita pronto tirou a camisa de Eric sobre a súa cabeza, revelando unha parte superior do corpo ben feita, se non demasiado musculosa.

Mirou cara abaixo e desabrochouse o cinto, os ollos de Eric alternando entre os seus peitos e as mans.

Desabrochoulle os pantalóns e tirounos ata que caeron por si sós sobre os seus becerros.

Anita axeonllouse e quitou os zapatos e os calcetíns antes de quitarlle os pantalóns e botalos a un lado.

Mirou cara adiante a protuberancia crecente dos seus boxers, despois agarrou a cintura e tirounas cara abaixo.

O enorme galo de Eric só estaba semierguido, pero Anita sentiu unha onda de emoción fluír sobre ela mentres quitaba os seus boxers.

Ela ergueuse e enfrontouse ao seu xefe.

Para alivio de Anita, fixo o primeiro movemento abrazándoa e arrincándoa cara a el.

Bicouna apaixonadamente, presionando o seu pene contra o seu corpo e movendo as mans ao seu cu.

Eric apertaba as súas suaves meixelas mentres as súas linguas se atopaban entre os seus beizos.

Anita sentiu a súa coña moer contra o seu corpo, sen saber se estaba máis decidida a satisfacer a si mesma ou a Eric.

O seu bico continuou mentres ela envolvía unha man ao redor do seu pene, sentindo que latexaba.

O galo comezaba a apuntar cara arriba e a nena estaba bombeando a man varias veces arriba e abaixo do membro.

Cando rematou o bico, Eric mirou para Anita e dixo:

" A miña muller non me fai iso. Faino de marabilla".

"Grazas, alégrome de que che guste", sorriu.

"Teño fame", dixo Eric.

"Eu tamén".

Movéronse cara ao sofá.

Eric colleu a bolsa de rosquillas no camiño.

Encontrou tempo para ver o pequeno e redondo fondo de Anita rebotar cos seus pasos antes de deitarse no sofá, coa cabeza nunha pequena almofada nun extremo.

Eric meteu a man na bolsa e sacou unha rosquilla e un pequeno coitelo de plástico.

"Ah, cheo de crema de vainilla. "Os meus favoritos", dixo. "Queres compartir?"

"Encantaríame", respondeu Anita.

Eric axeonllouse e colocou a rosquilla cuberta de chocolate sobre o estómago plano da nena, cortándoa coidadosamente pola metade co coitelo.

Un arrepío percorreu o corpo de Anita cando o coitelo apenas rozou a súa pel.

Eric observou como se inmutaba mentres a folla do coitelo reaparecía do interior da rosquilla grosa, despois colocou o coitelo e a metade da rosquilla enriba da bolsa no chan.

Levantou a rosca da súa barriga e virou o centro cheo de crema cara a ela.

Metodicamente, baixouna ata que o pezón do seu peito dereito quedou directamente debaixo da crema.

Cun trazo longo e suave, trouxo unha capa de crema de vainilla sobre o extremo do seu peito.

Anita pechou os ollos mentres o acolchado frío cubría o seu pezón e a pel circundante, enviando ondas polo seu corpo cara ao seu estómago e coña.

Eric moveu a rosquilla lixeiramente cara ao lado e repetiu o proceso, engadindo unha segunda cinta de nata xunto á primeira.

Finalmente, deu a volta á rosca e fregou a capa de chocolate sobre a punta do seu pezón ríxido.

Eric puxo a rosca na bolsa e mirou para Anita.

Ela estaba mirando atentamente, anticipando o seu seguinte movemento e suplicándolle en silencio que a devorase.

Eric moveu a cabeza sobre o seu peito e pasou a lingua sobre o seu pezón, saboreando o doce chocolate.

Anita case xemou en voz alta, pero retírase e viu como a lingua do seu xefe alongaba o seu camiño ata incluír unha polgada por riba e por debaixo do seu pezón.

Tragou unha vez antes de regresar ao peito, esta vez abrindo a boca de par en par e tomando o máximo posible do peito redondo e cheo da nena.

A súa lingua raspou o pezón varias veces antes de que os seus beizos se pechasen arredor da carne rosa e a chupasen.

Esta vez, Anita non puido conterse.

"Oh, Deus", murmurou.

Eric levantou a cabeza e lambeu a crema dos seus beizos.

Cando a súa boca pousou unha vez máis no peito de Anita, a súa man empurraba o peito cara arriba e lambeu con fame o resto da crema de vainilla da súa pel.

Sempre volveu ao pezón.

Anita arqueou as costas, empurrando o peito máis alto.

Ela sentiu que a humidade entre as súas pernas aumentaba con cada paso da súa lingua sobre o seu pezón e estaba segura de que podería facelo vir se a mantiña así.

Volveu coller a rosca, esta vez espallando máis o recheo branco e o chocolate sobre o peito esquerdo.

A crema cubría case dous terzos do seu peito, deixando a Eric cunha media rosquilla case oca na man.

Despois de colocar a rosquilla de novo na bolsa, inclinouse sobre o corpo de Anita e procedeu a expor meticulosamente o seu peito unha lambetada á vez.

A nena moveu a man ata a parte superior da cabeza de Eric e presiona con máis forza contra o seu peito.

Mentres tanto, a súa man moveuse da súa cadeira ata entre as súas pernas, acariciando momentaneamente o clítoris enterrado baixo un mechón de cabelo castaño escuro ben cortado.

"Oh, Xesús", dixo suavemente. "Isto séntese moi ben".

Con só unha pequena cantidade de crema de vainilla no peito, Eric subiu ao sofá, poñendo as pernas entre as súas.

O seu pene estaba totalmente erecto agora, apuntando cara arriba nun ángulo agudo.

Inclinouse cara adiante e colocou o seu pene no seu peito cuberto de crema, movéndoo cara atrás e cara atrás ata que tiña unha pequena capa do recheo branco.

Anita utilizou a man para dirixir o galo ás zonas con máis crema.

Logo, estaba branco dende a cabeza rosa ata a base.

Anita viu como Eric esvaraba cara adiante e levaba o seu pene aos beizos.

Ansioso, abriu a boca e aceptou o agasallo.

O sabor azucrado da crema case lle fixo esquecer o amor que sentía polo sabor dun galo quente e duro.

A súa lingua traballaba por todos os lados do membro mentres Eric a esvarou dentro e fóra da súa boca, facéndoo xemir de pracer.

" Ummmm , Anita. Chupame, lámeme así", dixo Eric. "Si, si. Así".

A rapaza tardou uns minutos en sacar a última crema do seu pene; chupando, lambendo e tragando o máis rápido que podía.

Cando terminou, Eric era máis duro que antes e estaba preto do clímax.

"Fódeme, Eric", exclamou Anita en voz alta. "Querote en min. Por favor."

Cando o seu xefe saíu do sofá, Anita abriu as pernas e levantou os xeonllos.

Cando tiña o seu pau na entrada do seu coño, a súa man estaba nunha posición preparada para guialo dentro dela.

Incluso ela quedou sorprendida de como estaba preparada para el.

En canto a cabeza do pene inchado atopou a abertura, Eric puido baixar ata que as súas coxas se atoparon nunha suave labazada.

"Deus si. "Fódeme", dixo Anita.

Eric foi rápido en cumprir coas súas demandas.

Levantouna polo cu e comezou a deslizar o seu pene dentro e fóra, sentindo que a vaxina contraía periódicamente.

Anita levantou as pernas e envolveunas suavemente arredor da cintura de Eric, permitíndolle que a levantase aínda máis.

Os peitos de Anita balanceáronse rítmicamente.

El beliscarlle os pezones ocasionalmente, enviando o que parecían correntes eléctricas directamente ao seu coño.

Mentres tanto, Eric reposicionouse para que unha man libre puidese masajear o seu clítoris.

Atopou o bulto inchado con facilidade e fregouno.

A cabeza da nena comezou a balancear dun lado a outro e murmurou:

"Joder. Merda. Si, alí. Aí!"

Eric fregouno con máis forza e sentiu o seu corpo tenso.

As súas pernas apertaron con forza e ela berrou: "Ahhhh. Ai Señor. Agora".

O seu orgasmo comezou con outro xemido abafado e as súas cadeiras levantáronse para atender os seus impulsos descendentes.

Durante polo menos trinta segundos, Eric entrou nela unha e outra vez, mentres ela xemaba e berraba para que a foda.

Eric quería que a sensación do seu coño axustado arredor do seu pene e do seu corpo retorcendo debaixo del durase para sempre.

Agarrouse ao seu traseiro mentres ela comezaba a acomodarse lentamente no sofá.

Agora capaz de concentrarse no seu propio corpo, Eric sentiu que a primeira onda de esperma se elevaba das súas bolas.

Anita sentiu o orgasmo que se achegaba nel e instouno a continuar.

"Isto é todo. Veña, corre na miña coña".

O galo de Eric explotou nun aluvión de esperma que Anita sentiu enchendo as súas entrañas.

O fluído morno disparouse en varios chorros, cada un acompañado dun forte xemido.

Eric agarrou a Anita polo fondo dos seus ombreiros e presionou o seu corpo contra o seu.

Cando estaba a piques de rematar e quedou parado co seu gallo no fondo dela, Anita apertaba o seu coño con forza.

"Ahhh, carallo. "Para", murmurou Eric, case sen alento e medio rindo.

Sacudiu por última vez e caeu dela, coxo e totalmente desgastado.

Deitouse nos seus brazos, a cabeza no peito dela e as pernas aínda enroladas á súa cintura.

"O único que tes que facer é pedirllo cando queiras", dixo Eric suavemente, o seu dedo trazando o contorno do seu pezón.

"Hoxe tiña fame", dixo.

SITUACIÓN INESPERADA

CAPÍTULO I

"Estarei agardando por ti no cuarto, ponte algo revelador", dixéralle John.

Tratárono como comida para levar, pensou Gina mentres remataba a chamada.

E así se sentía agora, mentres se maquillaba no espello de tocador: ollos sombreados , beizos vermellos en forma de corazón e maquillaxe suficiente no seu rostro para non facer que pareza unha figura dun museo de cera.

Queres algo máis no teu pedido, cariño?

Satisfeita co seu traballo, camiñaba descalza pola alfombra do cuarto, levando só o suxeitador e as bragas, e abriu o armario.

Dun andel enriba onde estaba a súa roupa, sacou unha pequena caixa de cartos e levouna á cama.

Cando o abriu, moitas decenas e vinte caeron sobre as sabas de seda.

Gina contou catro de vinte e meteu o resto dentro da caixa.

Volveu poñer a caixa no armario, meteu o diñeiro no bolso e comezou a vestirse.

John vivía ao outro lado da cidade nunha luxosa casa de cinco dormitorios preto da canle.

Ata alí levaría dez minutos, dependendo do tráfico da tarde.

Era un cliente seu relativamente novo ao que atendera seis veces ata agora.

Ela odiaba.

Era arrogante, groseiro e completamente pervertido.

Era de ascendencia italiana: cor de pel verde oliva, nariz grande e cabelo negro espeso por todas partes.

A John encantáballe comer e Gina pensou que parecía un cruce entre un gángster dos anos 40 e un porco barrigudo.

El presumía dos lazos que tiña co inframundo criminal, pero Gina non estaba segura de canto era certo do que dicía.

Ela pensou que só intentaba impresionala.

Ela non podía entender por que os homes pensaban que isto era atractivo para as nenas.

Gina odiaba a violencia e apagaba unha película ao primeiro sinal de sangue ou violencia.

Pero John definitivamente estaba nalgún tipo de negocio dudoso.

Ela vira armas na súa casa.

Escoitara chamadas acaloradas durante a súa relación sexual que John se negou a ignorar.

Falar de cartos e drogas.

Ela atopou homes como John odiosos: codiciosos, egoístas, deshonestos e corruptos.

Non obstante, ela necesitaba demasiado o diñeiro.

A vida de Gina estaba chea de débedas.

Un curso universitario de humanidades, o mini Fiat, que levaba todos os días ao seu traballo de secretaria, a compra de roupa, as vacacións en Eivissa e un préstamo que contratara para amoblar o seu piso.

Estaba nadando endebedada, pero as empresas de préstamo nunca lle negaron ningunha.

E por iso levaba traballando como escolta privada o ano pasado.

Privado foi a palabra clave.

Non tiña publicidade en liña, demasiado medo de que a súa familia ou amigos descubrisen o seu sórdido segredo.

Se non, ela dependía do boca a boca e dos seus clientes habituais, rapaces como John.

O primeiro home que lle pagou por ter relacións sexuais con ela chamábase Peter.

Ela coñeceuno nun sitio de citas despois da súa ruptura con Adams, pero soubo ao instante que non era para ela.

Non era o feito de que tiña uns corenta e quince anos máis ca ela.

De feito, esa foi a razón pola que o coñecera en primeiro lugar, pensando que un home maior podía darlle o que Adams, un mozo de vintecatro anos, non podía.

Compromiso, seguridade, novas experiencias sexuais quizais.

Simplemente non sentía ningunha conexión con Peter, e soubo unha hora despois da súa primeira cita, a cea para dúas persoas nun restaurante indio na parte máis bonita da cidade.

Despediuse e deulle as grazas por unha deliciosa comida, pensando que sería a última vez que o vería.

Pero Peter estaba máis interesado nela do que pensara nun principio.

Púxose en contacto con ela dous días despois con unha oferta de pagarlle por sexo.

Gina estaba sorprendida ao principio, incluso ofendido.

Co seu bronceado profundo, o seu cabelo loiro tinguido e a súa inclinación á roupa reveladora, sabía que producía unha certa impresión atractiva.

Pero iso non a convertería nunha puta, nin en alguén que abriría as pernas ao primeiro sinal de problemas económicos.

Sen dúbida coñecera mozas que o farían.

Pero Peter parecía un tipo tan agradable, e canto máis pensaba Gina na súa débeda, comezou a preguntarse cal era o mal ao aceptar a oferta. Habería un beneficio mutuo.

Peter posuíríaa e conseguiría o diñeiro que necesitaba desesperadamente.

Se ninguén acaba ferido, de verdade, cal foi o problema?

Con todo, Gina era inxenua.

Nunca anticipou o viciante que podía ser o sexo de pago, nin o miserable e barato que a faría sentir.

Para empeorar as cousas, Peter non era o cabaleiro que ela primeiro pensara que era.

Pronto se correu a voz de que era boa nos seus servizos e isto só puido ser porque o difundiu directamente.

Ofertas de todo tipo, a través do sitio de citas onde coñecera a Peter, encheron o seu buzón.

Non podía crer cantos homes maiores había que buscaron mulleres máis novas para sexo, e cantos estaban dispostos a pagar por iso.

Fora moi lucrativo para ela e pronto se decatou de que podería gañar máis cartos se estaba disposta a empurrar un pouco máis os seus límites.

Os homes pagaban máis por cousas como a anal, a dominación, as choivas douradas e varios tipos de xogos de rol.

Gina investira en uniformes de alumnas, lencería sexy e látegos. Ela comera todo o que lle suxerían, metera todo tipo de obxectos dentro dela, e mesmo finxira darlle o peito a un home de cincuenta anos vestido cun cueiro.

Por suposto, John, co seu diñeiro, gozara de todas as comodidades dispoñibles.

Desde prostitutas de clase alta ata estrelas porno e ata modelos da páxina tres.

Era unha obsesión que rozaba a adicción.

Parecía que todas as mozas novas e fermosas estaban dispostas a vender os seus activos mentres aínda eran desexables.

Foi tráxico.

Entón, non foi de estrañar que despois de enterarse dun amigo, John contactase con Gina.

E esta noite ía ser a súa quinta vez xuntos.

Gina mirou o seu reloxo e endereitou a roupa no espello do corredor. "Todo rematará nun ano, rapaza", lembrouse a si mesma.

'Podes facelo.'

Despois colleu as chaves e saíu pola porta.

CAPÍTULO II

Dez minutos despois, detívose en Midesting Road.

Eran pouco máis das dez e media e unha festa na piscina nunha das outras casas estaba en pleno auxe.

Atravesou as portas de ferro forxado da casa de John e aparcou o Fiat na calzada.

A lúa brillaba no teito do Mercedes prateado de John cando escoitou o son dos seus tacóns crujindo sobre a grava e camiñaba cara ao lado da casa.

Xoán díxolle que entrase pola entrada de atrás.

Esta noite van facer un xogo de rol.

El vai estar deitado na cama e ela vai entrar, coma un ladrón, e sorprendelo.

A John encantáballe mesturar as cousas.

Nunca coñecera un home tan imaxinativo sexualmente.

Detívose á metade do lado da casa e mirou para arriba e para abaixo a rúa.

Estaba segura de que ninguén a vería alí, pero quería asegurarse por se acaso.

Baixou as bragas, deslizándoas sobre os talóns e, a continuación, endereitou a saia.

Ela meteu as bragas dentro da súa bolsa.

Encaixe vermello, o favorito de John.

Entón ela tambaleou polos talóns polo camiño e abriu a porta do xardín traseiro.

Un bote de lixo metálico bateu cando accidentalmente pateou coa punta do seu talón afiado.

'Estúpido!' Ela amoestouse a si mesma.

A luz da cociña estaba acesa e a porta do patio que conducía a ela estaba entreaberta.

John debeu de deixar aberto para ela.

Gina botou o cabelo cara atrás, continuou o seu paseo sensual e entrou na casa.

Cheiraba a queimado cando entrou na cociña e pechou a porta.

Probablemente era un dos puros que lle gustaba fumar a John.

Era un gángster tan fumador .

A casa estaba en silencio.

Xoán debe estar agardando por ela na cama como lle dixera.

Gina atravesou o comedor coidadosamente amoblado, todos os mobles modernos de madeira nun ton vermello intenso, e saíu ao corredor.

Mirou cara arriba a escaleira de caracol.

"Xoán", dixo burlosamente. 'Estás preparado ou non?'

Os seus tacóns picaban nos chanzos pulidos mentres subía as escaleiras.

Cando virou cara ao corredor, viu a porta do cuarto de John aberta.

A luz estaba acesa pero aínda non facía ruído.

Entón escoitou un crack.

"Xoán?"

O cabrón gordo probablemente estaba sentado no seu trono no baño.

Gina alisouse o cabelo, baixou o escote e entrou na habitación.

Todo parecía parar nese momento.

O corpo enteiro de Gina conxelouse.

Deitado na cama, completamente espido e mirando para o teito, estaba Xoán, cun charco de sangue empapando as sabas ao seu redor e a súa gorxa cortada.

Gina soltou un berro.

Unha figura escura saíu de detrás da porta e agarrouna, envolvéndolle un brazo polo pescozo e poñendo a man sobre a súa boca .

"Non fagas ruído ou vou cortar o teu tamén", dixo.

Gina sentiu a punta fría e afiada dun coitelo no pescozo.

'Quen eres?' ela xemeu.

'Alguén co que non queres follar'

O home apretoulle máis o pescozo co seu musculoso antebrazo.

'Que fas aquí?'

"Eu vin ver a Xoán".

'Así que?'

"El pediume que o fixera".

'Porque?' preguntou o home.

"Só para velo".

Esmagou a tráquea de Gina co seu brazo, facendo que se atragantara.

'Porque?' berrar.

"Para ter relacións sexuais", conseguiu balbucear Gina.

Ela comezou a tusir mentres o home aliviaba a presión ao redor do seu pescozo.

'Es unha prostituta?' el dixo.

'Non!'

'E que?'

'Un compañeiro'.

"É o mesmo", dixo o home.

Gina non dixo nada, demasiado temerosa de que o home puidese romperlle o pescozo ou apuñalala se o cruzaba.

"Parece que temos un problema", dixo.

Volveuse cara ao corpo sen vida de John, mantendo a Gina firmemente suxeita entre o brazo e o peito.

Gina sentía que se ía enfermar ao ver tanto sangue.

"Agora es testemuña dun asasinato".

"Por favor", suplicou Gina.

'Non lle vou dicir a ninguén. Só déixame ir.

CAPÍTULO III

Do home xurdiu unha risa sinistra.

"Seguro que entendes que non vai ser tan sinxelo coma iso".

O medo atravesou o corpo de Gina.

Sentiu que a urina morna comezaba a gotear polo interior das súas pernas.

Ela non quería morrer esta noite.

O home colleuna do brazo coa man enguantada de coiro e levouna ao baño.

Pechou a porta detrás deles e volveuse para mirala.

Gina retrocedeu nun recuncho cando viu o seu rostro.

Ela non esperaba que fose unha das caras máis fermosas que vira nunca, pero foi a profunda cicatriz que lle corría pola meixela a que máis a sorprendeu.

E o seu corpo parecía feito para matar, cos ombreiros dun campión de boxeo e que podía romper un pescozo pola metade.

Era un monstro.

Mirouna de arriba abaixo con duros ollos azuis.

"Quen sabe que estás aquí?"

'¡Ninguén! Por favor, podes deixarme ir e escapar. Asegúroche que non llo digo á policía.

Achegouse a ela nun paso lento e depredador.

'É demasiado tarde para iso. Xa viches a miña cara.

'Prometo que non o contarei. Por favor, non me importas ti nin John, só quero ir a casa. Non quero morrer. Gina botou a chorar.

O home colocou unha man enguantada no seu ombreiro espido e achegouse ao seu rostro ameazante.

Gina sentiu o aire cálido do seu nariz rozar as súas meixelas.

"Alí, alí, alí", ronroneou. "Por que estragar esta cara bonita?"

Pasou un longo dedo pola meixela con bágoas de Gina.

Todo o corpo de Gina converteuse en xeo cando sentiu o seu toque.

Había algo extremadamente conflitivo sobre a atracción que sentía polo corpo deste home e o medo que sentía ao ser pegada á parede por alguén que sabía que podía matala facilmente.

El achegouse máis e pasou a súa lingua áspera polo seu rostro, facéndoa sentir un arrepío pola súa pel.

Ela non esperaba o que viría despois.

A man enguantada do home deslizouse por baixo da súa saia, mentres os seus longos dedos sondaban os seus beizos expostos.

"Nena traviesa", dixo ante o seu inesperado descubrimento.

'Por favor... oh'

O home quitara a luva e un dedo longo e carnoso estaba agora dentro dela.

Atopou o clítoris de Gina con suavidade e masajeouno, creando unha calor que comezou a espallarse dentro dela.

Pasou a lingua polos firmes contornos do pescozo de Gina ao mesmo tempo.

Gina volveuse e viu o seu reflexo no espello sobre a pía.

E tamén viu a aquela besta alta e estraña afundirse no seu pescozo coma un vampiro, a folla do coitelo que tiña na man libre escintilando na luz halóxena como un aviso.

Non se atreveu a moverse por temor a que usase a súa punta afiada contra ela.

O home apartouse e pasou a mirada polo seu corpo.

Había neles unha profunda excitación coma se puidese ver o seu corpo espido a través da súa roupa.

Esvarou o bolso do seu ombreiro e deixouno caer ao chan, mentres un tubo de batom e unhas bragas vermellas derramaban sobre as tellas.

Agarrou un dos seus peitos a través do seu chaleco axustado á pel e apretouno suavemente, despois pasou o dedo sobre o seu pezón cando quedou atento.

Ela tiña masilla nas súas mans.

'Que vas facer comigo?' preguntou ela.

"Como estamos sós e temos o local preparado só para nós, vouche dar o que nunca che deu ese tipo de alí".

Oh, Deus, pensou Gina. Non iso.

Sentindo o seu medo, o home sorriu.

'Non te preocupes. Unha vez que me experimentes na túa coña, estarás feliz de que o outro estea morto.

O home tiña razón de que estaban sós.

Sen veciños preto, calquera berro de auxilio sería infructuoso.

Se... se ela aceptou, fixera o que dixo o home, podería saír viva da casa.

Con todas as outras probabilidades en contra, que opción tivo ademais de sacar o mellor RPG da súa vida?

Entón tomou unha decisión.

Ela ía dar a mellor actuación da súa vida.

E se fallaba, ela tiña un plan de apoio.

"Quita iso", rosmou o home, sinalando a cabeza cara ao chaleco.

Gina fixo o que dixo.

Cando o chaleco esvarou sobre a súa cabeza, ela sacudiu o cabelo e mirou para o seu corpo.

" Eu quero que ti tamén te espides", dixo.

O home soltou unha risa burlona.

'Non me vas dicir que facer. E non son tan parvo como pareces pensar. Tire para abaixo. Fixo un aceno cara á saia de Gina.

Desabotouse a saia e deixouna caer polas súas pernas, despois botouna cara a el co talón.

Ela estaba alí antes del con tacóns e suxeitador, cos labios rapados expostos ao aire fresco do baño.

Ela levantou os seus ollos azuis con rímel cara á mirada penetrante do seu captor.

" Que doce e fermoso", dixo, chupando aire polas fosas nasais. 'Dá a volta.'

Gina deu a volta e mirou a parede de azulexos.

A través do reflexo do espello, ela viu como o home se inclinaba e acariñaba a súa entrepierna mentres estudaba as súas costas.

A gran protuberancia que viu saíndo dos seus pantalóns fíxolle saber que estaba ben dotado.

Fíxoa inclinarse cara adiante, agarroulle as cadeiras e levou a súa entrepierna cara a ela.

O bulto duro e gordo estaba agora presionado na fenda das súas nádegas.

A súa man espida tocoulle o cu e empuxouna cara adiante, o coitelo aínda agarrado firmemente no outro.

Gina observou como o colocaba no mostrador xunto á pía e comezou a desabrocharse os pantalóns.

Mirou o coitelo, loitando contra as ganas de collelo.

Pero ela sabía que non podía ser tan estúpida; Co seu tamaño, o home dominaría o seu pequeno cadro de cinco pés en segundos. Aínda así, era tentador... moi tentador.

Os seus pantalóns negros caeron ao chan revelando un par de boxers negros sobre unhas enormes e musculosas coxas.

A súa erección subiu cara ao seu dobladillo, inchada e enorme.

Gina tragou o suspiro que case escapaba da súa boca.

Como podería encaixar todo iso?

O galo grande estiraba contra o axustado tecido dos seus boxeadores, ansioso por saír.

Cando o home os tirou para abaixo, a gran cabeza roxa caeu sobre as meixelas de Gina.

O membro groso e moi vetado tiña polo menos nove polgadas de longo.

O asasino era un Adonis sexual.

Agarrou a súa cadeira coa súa man aínda enguantada e levou o seu pau na outra, guiándoa cara aos beizos do coño de Gina.

Cando sentiu o galo quente e suave entre os seus beizos, Gina jadeou.

E cando o meteu dentro, case se lle caeron os xeonllos.

O pene entrou a unha profundidade audaz, latexando de emoción dentro da súa vaxina quente e húmida.

Golpeou unha zona dentro de Gina que nunca antes fora penetrada, e o seu clítoris traizoeiro comezou a bombear con emoción, a humidade acumulouse nos seus beizos e nas paredes para acomodar a esta nova chegada.

O home comezou a empuxar, as súas fortes cadeiras capaces de forzar a dureza das paredes internas de Gina a unha velocidade extraordinaria.

Sentíase incrible.

Ela agarrou o bordo do mostrador da pía mentres el seguía penetrando os beizos húmidos do seu coño, as súas bolas golpeándoa contra ela.

Quitoulle a outra luva e coas súas mans grandes e sorprendentemente suaves percorreron a súa columna vertebral e abriulle o suxeitador.

Caeu ao chan de baldosas, soltando os seus peitos.

Agora só levaba os tacóns cando a enorme besta bateu por detrás.

Gina sentiu que se retiraba, o seu coño recibiu un momento de alivio.

Pero non pasou moito tempo antes de que o seu pene volvese estar dentro dela, pero esta vez cara ao seu cu.

O enorme galo do asasino penetrou nos axustados pregamentos do ano de Gina, enviando unha dor aguda a través dela.

Por un momento, pensou que non sería capaz de soportar a dor, os seus músculos apertando para expulsar este obxecto estraño, pero entón relaxáronse mentres a dor comezou a converterse en pracer.

Gina recibira sexo anal antes, pero non dun falo tan grande como este.

O pracer que a enchía agora era diferente a todo o que sentira antes.

Tiña que lembrarse onde estaba.

Na casa de Xoán sendo fodido por un home que o acababa de matar.

O cadáver de John morto, e xa algo frío, xacía a poucos metros no outro cuarto como unha horrible efixie do seu anterior eu.

Gina sabía que nunca sería capaz de borrar esa imaxe da súa memoria, por moito que o desprezara.

E borraría o odio que sentía por el se con iso puidese volver vivo e axudala agora.

Pero hai algo estraño no que ocorre cando te enfrontas a unha ameaza de morte, e Gina experimentábao por primeira vez neste baño onde agora estaba cativa.

Un instinto toma o control, tan primario que xa non se sente como un instinto animal.

E sabes que farás calquera cousa para sobrevivir.

CAPÍTULO IV

O home golpeoulle o cu con empuxes furiosas, a saliva saíndolle da boca, o seu fermoso rostro ruborizado e excitado.

Os sons baixos e guturais que facía advertiron a Gina de que estaba a piques de correrse.

Ela agarrou con forza o bordo do mostrador.

As puntas dos seus dedos volvéronse brancas mentres aguantaba.

"Joder", xemeu o home.

" Vou correr".

E fíxoo, e un suspiro pesado deixou a súa boca, pechou os ollos e arqueou a cabeza cara atrás...

E Gina aproveitou a súa oportunidade.

Soltou o mostrador e colleu o coitelo.

Cun golpe cego e contundente do brazo mergullouno no pescozo do seu agresor.

Ela saltou e apretou as costas contra a parede, as tellas frías contra o lombo empapado de suor.

Cos ollos moi grandes de medo e preocupación, Gina viu que o home estaba de pé nunha postura estática, atragantado mentres os seus grandes ollos miraban para ela.

O coitelo sobresaía do seu pescozo groso e brillante e o sangue vermello escuro colábase polo colo do seu abrigo negro.

O seu pene aínda estaba erecto, cun rastro brillante de esperma colgando da punta.

Os seus ollos abraiados permaneceron fixados nos de Gina mentres a súa boca se abría e o sangue derramaba sobre o seu beizo inferior.

Conseguiu gorgotear a palabra "Cadela" antes de esborrallarse cara atrás e chocar contra a porta.

Gina mirouno un momento, co peito subindo e baixando, antes de soltar unha risa loca. O seu plan funcionara.

Primeira vez. Ela vira que pechaba os ollos no espello mentres exaculaba, polo que se deleitaba co feito de que facilitara moito o ataque.

Colleu a roupa e vestiuse rapidamente, esta vez volveu poñer as bragas.

Colleu o bolso e deu unha patada ao seu atacante coa punta afiada do talón. Entón ela cuspirlle na cara.

—¡Iso é por chamarme puta, fillo de puta!

Empuxou o seu corpo cara atrás para poder abrir a porta.

A parte traseira do seu cranio golpeou a alfombra cun golpe cando abría a porta.

Ela pasou de puntillas sobre o corpo empapado de sangue e entrou no cuarto.

Mirou o corpo de John na cama.

Sangue no chan.

Sangue na cama.

A morte por todas partes que miraba.

Era demasiado.

Gina saíu correndo da habitación e baixou pola escaleira de caracol tan rápido como podían levala os seus talóns, triángulos carmesí manchando o chan ao seu paso.

Ao pé das escaleiras detívose, limpou as bágoas e controlou os seus pensamentos.

Este estilo de vida arruinara todo para ela.

Fíxoa miserable e cínica cos homes.

Reorganizara a súa moral.

E aquel gordo cabrón morto era un dos peores cos seus xeitos corruptos e sórdidas fantasías.

Era un modelo na sociedade, pero difundía e contaxiaba todo o que tocaba coas súas formas corruptas.

Incluíndo ela.

Ela convertérao en algo que non era.

E agora convertéraa nun asasino.

Ela matara en defensa propia e a merda tirada nun charco do seu propio sangue merecía todo o que lle pasara.

Pero sabía que nunca o esquecería.

Como a maltratara como se non fose máis que unha puta sucia, e como o seu corpo a traizoara respondendo con pracer ao toque das súas mans sucias e asasinas.

Cantas outras nenas deben ter arruinado estas dúas vidas?

E canto seguían sufrindo aquelas nenas?

Non vou sufrir máis, pensou Gina.

Subiu correndo as escaleiras e entrou no cuarto.

A vista dos dous cadáveres deulle ganas de vomitar, pero tragou as náuseas cun cóbado e achegouse á cama.

O rostro de John era unha máscara de horror, a súa boca negra e aberta coma un peixe, os ollos xeados polo terror.

Gina mirou para outro lado e buscou a pulseira de ouro que rodeaba o seu pulso regordete.

Había un fino medallón rectangular que unía a cadea.

Abriu e leu o número que había dentro: 47689.

Repetindo o número na súa cabeza como un mantra, pechou o medallón e meteu a man no bolso.

Sacou un pano e limpou as pegadas dixitais do relicario.

Deulle a John unha última mirada de desprezo antes de voltar e baixar correndo as escaleiras.

Corre polo corredor ata que chegou ao estudo de John e abriu a porta.

Escrutou o cuarto ata que os seus ollos se puxeron no que viñera.

John está seguro.

El presumía do seu contido nunha das visitas de Gina e ela esixira saber o que había dentro.

"Bonitas xoias", dixera cun sorriso arrogante.

"Vale máis que esta casa enteira".

Despois tocou a cadea no pulso e puxo o dedo nos beizos.

"Shh."

Gina achegouse á caixa forte na parede e golpeou a combinación.

Na caixa forte fixo clic que indica que se puido abrir.

Ela abriu a porta de aceiro e mirou dentro.

Nunha pila de sobres marróns había unha caixa de xoias vermella aveludada.

Gina sentiu un nó no estómago.

Abriuno para atopar o colar de diamantes máis incrible que vira nunca, as súas pedras fermosas traballadas brillaban cun efecto cinematográfico.

"Vale máis que esta casa enteira", murmurou para si mesma.

O suficiente para pagar todas as súas débedas e despois algunhas.

Co corazón latexando dentro do peito, pechou a tapa e meteu a caixa de xoias dentro da súa bolsa.

Despois pechou a caixa forte e fregou as pegadas dixitais no pano.

Saíu apresuradamente do estudo e baixou polo corredor cara á porta de entrada, comprobando que os seus tacóns non deixaran ningunha pegada incriminatoria dela nas súas brillantes táboas.

Non o teu.

Ela abriu a porta da casa.

O aire suave e fresco golpeou as súas meixelas mentres entraba na noite e a carga da presenza na casa levantouse instantáneamente dos seus ombreiros.

Por fin libre, ela correu pola estrada de grava e saltou ao seu coche, tirando a súa bolsa no asento do pasaxeiro.

Ela deixou caer a cabeza cara atrás no volante e soltou un berro baixo e gutural.

Esgotada e esgotada, meteu a man no bolso e sacou o teléfono.

Ela chamou ao 911.

"Policía, por favor, acabo de matar a un home".

RECEPCIÓN SALVAXE

Susan estaba deitada no sofá pensando na súa parella.

Ela queríao con todo o seu corazón e o seu soño era que fixera o que quixese con xogos previos.

Lámea e chupa ata que o seu nivel de éxtase pagase a pena morrer.

Entón fódea co sexo máis poderoso que a creación.

Foi unha noite tan aburrida.

Susan estaba deitada no sofá co suxeitador e as bragas de seda rosa vendo unha película.

Pero Susan estaba pensando no seu mozo, no seu fermoso corpo, os ollos verdes e o cabelo castaño escuro.

A lingua de Susan pasou polos seus beizos mentres pensaba nel, a luxuria enchendo a súa mente e corpo.

Xusto entón, Susan escoitou abrir a porta, por fin estaba aquí.

Emocionada e mollada, ela saltou e correu cara á porta.

Alí estaba cos vaqueiros e unha camiseta branca.

Entrou na habitación notando os fermosos peitos axitados de Susan cando case estaban a caer do sutiã pola súa emoción.

Agarrándolle a cintura, tirou de Susan cara el e bicouna profundamente.

"Estou tan cachonda", susurrou Susan na súa boca morna e húmida. "Fódeme agora".

Non necesitando unha segunda invitación, empuxou a Susan cara á mesa da cociña.

Quitou a camisa e apagou as luces, escurecendo o cuarto.

Susan estaba deitada sobre a mesa, os seus pezones agora atravesando o suxeitador branco e un punto húmido formándose nas súas bragas a xogo.

Achegouse a ela, formando unha protuberancia nos seus vaqueiros.

Inclínase sobre Susan bicando suavemente a súa barriga, lambéndoa todo.

Susan jadea de pracer e as súas mans agarran a súa cabeza para achegalo.

El continuou lambendo e bicando a súa barriga, de cando en vez baixando ata o seu coño, aínda cuberto polas súas bragas , para soprarlle aire quente.

Agarra a súa roupa interior cos dentes, tirándoas cara abaixo nun movemento rápido.

Botaos enriba da mesa e cheira os seus pubes.

Susan comeza a xemir e respirar pesadamente.

Enterrando a cara no seu coño húmido, el chega para quitarlle o suxeitador.

Os alegres peitos de Susan derraman sobre as súas mans suaves.

Lambeu suavemente a fenda de Susan unha vez máis antes de achegarse á neveira.

Abríndoa, sacou unha cunca de amorodos. Colleu dous deles, colocando un na barriga de Susan e outro entre os seus peitos.

Lambeu a fresa no embigo, comendoa despois.

El continuou lambendo o seu corpo de abaixo a arriba e finalmente pasou á seguinte fresa.

Lambendo o escote de Susan, move a fresa arriba e abaixo entre os seus peitos.

Susan xeme ante a sensación inusual.

Seguiu movendo o amorodo cada vez máis abaixo no corpo de Susan, ata que chegou ao seu coño empurrando o amorodo coa lingua.

Susan jadeou e puido ver o seu coño contraerse ao redor da fresa cuberta polos seus zumes.

Ela empuxou a fresa máis profundamente no seu coño.

Cubriuna coa boca, chupando suavemente ata que o amorodo volveu estar na boca; agora cuberto polos zumes de coña de Susan.

Sorbendo a fresa, comeuna e pasou a poñer a Susan sobre o seu estómago.

Co traseiro no aire, acariñouno.

Deulle unha labazada suavemente a Susan no cu, antes de mergullarse no seu cu e lambelo, deixando chupóns por todo o seu cu.

Preto había un frasco de mel, e meteu o dedo e estendeuno nos beizos de Susan.

Despois meteu a lingua dentro dela facendo gemir a Susan.

El meteu a súa lingua profundamente no seu coño.

Xemendo forte, Susan dixo:

"Fódeme agora".

Quitouse os pantalóns vaqueiros, o seu pene listo para rebentar.

Agora espido, o seu pene sobresae grande e forte.

Agarrou a Susan, pasando as mans sobre as súas coxas internas colocando o seu pene xusto na súa entrada.

Fregou a cabeza contra a súa humidade; Suavemente, ela separou os beizos e esvarou a cabeza do seu pene suavemente.

Un xemido escapou dos beizos de Susan cando sentiu que a punta do seu membro entraba nela.

Susan xemeu máis forte, mentres deslizaba o resto da súa enorme polla dura no seu coño.

Como todo el a encheu, ela apertaba as paredes do seu coño, polo que agora veu del un xemido.

Comezou a bombear o seu pau dentro e fóra do coño de Susan, conducindo máis e máis con cada golpe.

El continuou golpeando a súa coña facendo que Susan xeme cada vez máis forte.

Agarrando as súas coxas, bateu máis forte que nunca, gruñendo mentres invadía o corpo de Susan co seu enorme galo.

Susan gritou:

"Isto séntese tan ben bebé, fódeme máis".

Bateu o seu pau máis forte no coño de Susan, sentindo que o cum se acumulaba na base do seu pau.

As súas bolas golpeando o cú de Susan co seu movemento.

Susan deixou escapar un longo xemido e comezou a ter un orgasmo salvaxe, o seu coño apertando o seu pene, polo que el tamén comezou a ter un orgasmo.

Cum vomitaba do seu pau, o primeiro chorro que entraba no coño de Susan.

Pero retirouse, deixando que o resto salpicase o seu corpo.

Xusto cando o seu orgasmo comezou a diminuír, el meteu os dedos no seu coño bombeándoos rapidamente, enviando a Susan ao orgasmo de novo.

Xemendo e movéndose por toda a mesa, Susan tirouno enriba dela e bicouno profundamente.

A súa suor e seme mesturáronse por todos os dous corpos.

Despois de relaxarse ambos, dixo:

"Dá gusto ser recibido así".

FIN

69